Ilane de KOPPEL

BOCHAU

*« …tu es toujours libre de
changer d'idée et de choisir
un avenir différent,
ou un passé différent… »*
Richard Bach

© 2022, Ilane de Koppel
Édition : BoD – Books on Demand, info@bod.fr
Impression : BoD – Books on Demand,
In de Tarpen 42, Norderstedt (Allemagne)
Impression à la demande
ISBN : 978-2-3223-9527-9
Dépôt légal : Septembre 2022

Chapitre un

Il y a quelques années, j'avais dû partir précipitamment de chez moi pour rejoindre mon ex-mari. Je pris donc ma voiture malgré le temps. C'était un jour d'hiver, froid, triste, maussade. L'un de ces jours où l'on aurait mieux fait de rester au chaud chez soi plutôt que de courir les routes. Un de ces jours où le ciel est si bas qu'il donne envie de pleurer sans même savoir pourquoi. Un de ces jours où même le plus beau des souvenirs prend des couleurs ternes. Bref, l'un de ces jours où l'on n'a pas envie de sortir de dessous sa couette, où le petit café au lit a un goût de miel, où l'on rêve d'être malade comme lorsqu'on était petit, et se faire câliner par maman.

Ce jour-là, je dus prendre ma voiture. Mon ex-mari avait besoin de moi. Nous avions raté notre mariage, notre divorce était une réussite. Nous ne nous étions jamais aussi bien entendus ! Sa mère était en train de mourir. Il m'avait téléphoné en larmes, m'annonçant la fin prochaine de la vieille femme.

Ce n'est pas que j'avais un amour profond pour ma belle-mère, (ex-belle-mère, devrais-je dire) mais je ne me sentais pas le courage de laisser son fils vivre cela seul. Ses frères allaient sans doute tout faire pour épargner leur petit « Babé », mais je savais qu'il aurait malgré tout du mal à supporter le départ de sa mère et la compassion de ses frères.

En effet, malgré ses cinquante ans, ils l'appelaient toujours Babé, diminutif de Barnabé, qu'ils lui avaient donné dés la naissance.

Babé n'était pas capable, d'après eux, de supporter le décès de Maman ! Mais Babé avait grandi depuis longtemps. Babé avait pris du poil de la bête. Il avait été un mari exécrable, un père terrifiant de sévérité, un amant exigeant, mais un ex-mari adorable, amant-aimant ! Une vraie crème ! Malgré tout ce qu'il m'avait fait vivre de négatif durant notre union, j'adorais le recevoir à la maison et, l'espace d'un week-end, nous formions un vrai couple. À tel point qu'un soir où il m'emmena au restaurant, le serveur nous proposa une coupe de champagne, pensant que nous étions tout jeunes mariés !

Babé, ou plutôt Barnabé, parce que personnellement je ne l'ai jamais appelé par ce surnom ridicule, m'avait téléphoné dans la matinée, en larmes : sa mère allait mourir. N'écoutant que mon cœur, je lui proposai de venir immédiatement, ce que, bien sûr, il ne refusa pas. Je déposai donc les enfants chez ma mère et pris la route pour la Bretagne.

Trois cents kilomètres nous séparaient et il fallait que je fasse vite. La vieille femme n'allait certainement pas attendre mon arrivée pour trépasser. Ce n'était d'ailleurs pas ce qui m'ennuyait le plus. On ne peut pas dire que j'avais de l'affection pour ma belle-mère. Cette vieille, que j'appelais intérieurement la *vieille bique*, m'avait fait plusieurs fois des réflexions si désagréables que je n'imaginais pas qu'elle puisse avoir été une femme gentille et dévouée comme me la décrivait son fils. Elle avait commencé les hostilités dés la première rencontre en disant à Barnabé : « Tu es bigame mon fils maintenant ? », étant donné qu'il n'était pas encore divorcé de sa première épouse ! Sur le coup, cela m'avait choquée mais ce n'était rien comparé au sentiment que j'eus plus tard en connaissant son histoire.

La vieille bique allait mourir et je prenais la route pour soutenir son petit dernier qui, contrairement à moi, avait une admiration sans restriction pour elle.

Le vent soufflait en rafale, la pluie tombait drue, la visibilité était quasi nulle. Je me trompai de chemin et après des détours bien compliqués (que je serais bien incapable d'expliquer), je me retrouvai sur une petite route de campagne où seul un tracteur avait pu tracer le passage. Bien évidemment c'est toujours dans ce genre de situation que les machines dont vous vous croyez maître vous lâchent. C'est ce que fit ma voiture. Trouvant sans doute le coin bucolique, elle décida de stopper net non loin d'une ferme. J'étais à trente kilomètres de mon ex-mari et de sa mère mourante. Ce n'était vraiment pas le bon moment pour me laisser tomber !

Après bien des tentatives pour la redémarrer (injures, gentillesse, énervement), je dus me résoudre à descendre chercher de l'aide.

J'avais vu, devant le portail de la ferme, un homme qui me regardait m'échiner sur ma machine. Je lui fis signe mais il partit en courant. Malgré la pluie, je me résolus à sortir de ma voiture. En faisant attention où je mettais les pieds pour éviter les flaques d'eau, je tombai à pieds joints dans les bouses de vaches. Le chemin était miné ! Une flaque d'eau, une bouse, une bouse, une flaque d'eau ! Les champs s'étendaient à perte de vue, la ferme semblait isolée au milieu de la campagne… de la cambrousse ! J'avais le sentiment de faire une plongée dans les années cinquante.

La ferme aurait pu être belle si elle avait été entretenue. Un grand portail massif, avec des portes en bois vermoulu, ouvrait sur une cour intérieure où trônait, en son milieu, un tas de fumier monstrueux par sa taille et son odeur. Sur le côté, le corps de ferme, en face, les étables et granges à foin, au fond, comme posée au centre du carré, une maisonnette entourée de fleurs. Voyant les rideaux bouger à l'une des fenêtres de la maison principale, je me dirigeai à contrecœur vers elle. La maisonnette m'inspirait plus confiance mais paraissait inhabitée. Seul le jardin avait un semblant de vie.

Pour une fois que j'avais mis un tailleur et des escarpins vernis, je regrettai de ne pas avoir conservé pour la route mon éternel jean et mes rangers, qui faisaient dire à mon ex-mari que je n'avais pas l'air très féminine. Il y avait plusieurs semaines que je n'avais pas vu Barnabé, j'avais envie de lui et, comme cela nous arrivait encore fréquemment, j'espérais bien ce soir m'endormir dans ses bras. Pour ce faire, j'avais mis tous les atouts de mon côté ! Tailleur sobre mais très moulant, chaussures vernies galbant le pied avec élégance, maquillage soigné et cheveux savamment arrangés en chignon. J'avais même pris le temps de choisir mes dessous avec précaution ! Je représentais tout ce que Barnabé aimait. J'avais tout de même glissé dans ma valise, mon jean, mes rangers et mon gros pull à côtes irlandaises. C'était d'ailleurs dans ces vêtements que je me sentais le mieux.

Au lieu de patauger au milieu du purin et de la boue, dans un coin perdu du Finistère profond, je devais, normalement, me trouver devant la maison de retraite de ma belle-mère et être accueillie par un ex-mari toujours aussi amoureux et deux beaux-frères mielleux à souhait !

Tout en évitant une poule qui caquetait et un cochon qui me donnait l'impression de me prendre pour un trognon de chou à engloutir, je frappai à la porte de la ferme d'où je m'attendais à voir sortir Cosette avec ses deux petits seaux.

Persuadée de voir les Thénardier ouvrir, je ne fus pas particulièrement surprise quand la porte s'entrebâilla. Une femme sans âge, vêtue de ce que je qualifierais de sac à pommes de terre surmonté d'un tablier bleu à fleurs rouges, apparut. Un sourire édenté donnait à son visage une expression particulière. Ses cheveux, qui n'avaient sans doute jamais vu un peigne, était gris souris et lui tombaient dans le dos en paquets épars.

— Qu'est-ce qu'elle veut, la dame ?

Je commençai par me retourner, n'étant pas sûre que les deux yeux qui se croisaient au milieu de son visage me regardaient réellement. N'apercevant personne d'autre dans mon dos, je conclus qu'elle s'adressait bien à moi.

— Excusez-moi de vous déranger, mais je suis tombée en panne de voiture et…

— Ouais, on sait ! Bochau nous y a dit ! Et qu'est-ce qu'elle veut ?

— Pourrais-je téléphoner, s'il vous plaît ? Pour que je puisse me faire dépanner ?

— Elle veut entrer au sec ?

— Oui, je veux bien, mais puis-je téléphoner ?

— Y a point de téléphone ici ! Elle entre ?

— Oui, répondis-je malgré mes deux pieds ancrés dans la boue et refusant de faire un pas.

Ma tête pensait oui, mais mon corps disait non ! J'avais l'impression qu'en pénétrant dans la maison, j'allais me faire engloutir dans un monde de rustres, sales et malfaisants. L'imagination toujours en éveil, je voyais les images en noir et blanc du film de Claude Autant-Lara, *l'Auberge rouge*. J'allais me faire détrousser, couper en rondelles et jeter au fond d'un puits !

La pluie, le vent redoublèrent de violence quand j'entendis, venant du fond de la pièce, une voix rauque.

— Fais-la entrer, Toine ! Y pieu comme vache qui pisse !

La Toine en question ouvrit largement la porte pour me laisser passer. La pièce rectangulaire était éclairée par un feu gigantesque venant de la cheminée monumentale. Un homme, aussi imposant que sa cheminée, fendait des marrons qu'il jetait sans regarder dans une poêle posée sur un trépied près des braises incandescentes. La salle commune était encombrée de meubles qui auraient fait pâlir d'envie un antiquaire. Contrairement à leurs propriétaires, ils étaient entretenus, brillants sous la couche de cire que l'on sentait avoir été relui pendant des heures à la force des bras.

— Meubles de famille, bougonna l'homme, sentant sans doute mon regard inquisiteur.

— Elle veut un café ? demanda Toine.

Sortant de mon étonnement, je lui souris. Un tel anachronisme entre les êtres et les choses était stupéfiant.

— Comment puis-je me faire dépanner ? demandai-je. Je ne peux pas laisser ma voiture au milieu du chemin.

— Bochau va la ramener dans la cour de la ferme.

— Bochau ?

— C'est l'commis. Il va la pousser et quand y pieuvra pu, y r'gardera l'moteur.

L'homme jeta dans la poêle la dernière châtaigne et, tout en s'essuyant les mains sur son pantalon, se dirigea vers moi.

— Vous inquiétez pas ! Il s'y connait en voiture. Il m'en a réparé plus d'une.

Il me tendit la main.

— Albert Dorlandeau, dit-il. Bochau, c'est un bon commis.

Il me fit penser à Hoggett dans le film *Babe, le cochon devenu berger*, lorsqu'il félicite l'animal d'une petite caresse amicale en disant : « C'est un bon cochon ». *Décidément*, pensai-je, *depuis que je suis là, je n'ai que des références filmographiques :* les Misérables, l'Auberge Rouge *et maintenant* Babe *! Où suis-je ? Dans* la Quatrième dimension ? *C'est la* Rencontre du troisième type ? *Encore un film !*

— Aline Amarante, répondis-je en sortant de mes divagations qui me donnaient envie de rire.

— Elle s'assoit pour prendre un café ? demanda Toine.

Gênée par mon tailleur et mes hauts talons, j'enjambai avec difficulté le banc qui me faisait face. Toujours aussi surprise de l'ambiance bizarre de cette ferme, j'acceptai le café fumant qui m'attendait dans une tasse en porcelaine fine.

Albert s'installa au bout de la table. Tout en buvant son café à petite gorgée, il me regardait à la dérobée.

— Vous êtes de la région ? demanda-t-il.

— Non, pas moi, mais mon ex-mari. J'allais chez lui. D'ailleurs, il faudrait que je le prévienne que j'aurais du retard. Il n'y a vraiment pas moyen de téléphoner ?

— Quand il pleuvra plus, Bochau vous emmènera chez les voisins, ils ont le téléphone. Vous alliez où ?

— Try Mourez.

— Comment elle a fait pour venir s'perdre dans le chemin ? demanda Toine.

— Je n'en sais absolument rien ! Il fait tellement mauvais que je n'ai pas vu par où je suis passée.

— J'ai de la famille à Try Mourez, dit Toine, comment qui s'appelle son mari ? Je connais peut-être.

— Barnabé Marinier.

— Barnabé Marinier ? Le fils à la Baptistine Blénard ? Celle qu'a marié le Léon Marinier ?

— Oui. Vous connaissez ?

— Hum.

Elle était visiblement gênée

— C'est de votre famille ?

— Hum… enfin, pas vraiment… c'est d'la famille à Bochau.

— Ah bon ? C'est marrant ça, je n'ai jamais entendu ma belle-mère parler d'un Bochau dans la famille.

— Ça, c'est pas étonnant !

— Surtout que Bochau, ce n'est pas courant comme nom, j'aurais retenu. Mais c'est de la famille peut-être très éloignée ?

Je me méfie toujours en Bretagne, il y a un tel culte de la famille dans cette région que lorsqu'il y a un mariage, les époux ne se marient pas seulement avec la belle-famille mais aussi avec les cousins, petits-cousins, arrière-cousins, oncles, tantes, grand-tantes, arrière-grands-oncles, et parfois sur trois voire quatre générations. Il n'était pas rare de parler avec quelqu'un de telle ou telle famille et que l'on nous réponde : « C'est mon cousin ! ». Quand on tente de comprendre un peu les liens de parenté, on apprend que ce fameux cousin est issu de la mère de la fille du frère de l'oncle de la grand-mère du marié ! Le cousinage à la mode de Bretagne.

— Oh, pour sûr que non ! C'est même comme qui dirait de la famille très, très proche !

— Toine ! Tais-toi ! Les histoires de famille ne regardent pas Madame, grommela Albert.

— Je suis étonnée, tout de même, continuai-je, voulant en savoir un peu plus. Ma belle-mère ne l'appelle peut-être pas Bochau. Ce n'est pas son prénom, c'est un surnom ?

— Ça pour sûr qu'c'est un surnom !

— Quelle en est l'origine ?

— Bah ! C'est un fils de Boche !

Chapitre deux

Au même moment, un homme d'environ cinquante ans pénétra dans la salle commune. Sa casquette vissée sur le crâne laissait échapper quelques cheveux blonds. Son visage taillé à coup de serpe me fit penser qu'il s'agissait de Bochau. Il se planta devant moi avec le visage radieux.

— Otto marche ! me dit-il.

J'allais le féliciter que son fils fasse se premiers pas, tout en me disant que pour un fils de Boche, il aurait pu le prénommer autrement, quand il me tendit les clés de ma voiture.

— Ah ! Auto marche ! m'écriai-je en riant intérieurement de ma méprise. Je vous remercie, Monsieur.

— Non ! Moi, Bochau ! Pas Monsieur !

— Alors merci, Bochau, répondis-je en sortant de mon sac un billet de deux cents francs. Je vous dois peut-être quelque chose ? ajoutai-je en déposant l'argent sur la table.

— Ramassez ça ! dit Toine. Bochau n'a pas besoin d'argent, y sort jamais d'la ferme ! Y saurait même pas quoi en faire !

— Je voudrais tout de même le remercier !

— Bah, la prochaine fois qu'vous passerez par ici, vous lui apporterez des graines de fleurs, conseilla Albert. Il adore le jardinage et plante tout ce qu'il trouve devant sa maison.

— Il habite la petite maisonnette au bout de la cour ? demandai-je, me souvenant de mon arrivée dans la ferme.

— Oui, on l'a installé là quand il a été assez grand pour se débrouiller seul. Toine lui fait ses courses, mais il se débrouille tout seul pour le reste.

Bochau était reparti comme il était entré, en silence, doucement, comme un chat qui circule dans la ferme. Sans bruit.

— Il est avec vous depuis longtemps ?

— Ah ben, j'pense bien ! Les bonnes sœurs de Quimper nous l'ont amené en 1944 et il n'est jamais reparti !

— Ah bon ?

Je sentais, aussi bien chez Albert que chez Toine, une envie de parler, de raconter leur histoire. Mais je me rendais compte aussi que je devais alimenter la conversation, il ne fallait pas grand-chose pour qu'ils se laissent aller l'un et l'autre.

— Maintenant, on commence à se faire vieux, et on s'demande bien ce qu'il deviendra quand on s'ra plus là ! reprit Toine. Notre fils vit loin d'ici et ne veut pas s'en encombrer ! Bochau s'ra bien incapable de vivre tout seul ! Il est jamais sorti de la ferme, j'vous dis !

— Mais s'il est de la famille de ma belle-mère, vous ne pouvez pas demander à quelqu'un de s'en occuper ?

— Oh que non ! Ils ne savent même pas qu'il existe ! Mais vous, peut-être ? Puisque la Baptistine, c'est votre belle-mère, vous êtes comme qui dirait un peu de sa famille aussi.

— Oh là ! Vous savez, je ne suis pas en relation de confidences avec la famille Marinier ! Ce n'est pas parce que je vais voir mon ex-mari que je me considère de cette famille ! Je vais à Try Mourez parce que ma belle-mère est mourante et que je ne veux pas laisser le père de mes enfants seul à ce moment-là, mais très franchement, s'il n'y avait pas un côté moral, je ne me serais pas déplacée. On ne m'apprécie guère, là-bas ! Mes enfants ne connaissent quasiment pas leurs oncles et tantes et si peu leur grand-mère que je ne les ai même pas emmenés avec moi.

— Ah, vous aussi, vous êtes une exclue de la famille ! C'est habituel chez eux !

— Pourquoi dites-vous cela, Albert ?

Si je voulais qu'ils me parlent, il fallait qu'ils aient le sentiment de discuter avec une amie de longue date. La familiarité était donc de mise. Albert apprécia et me fit un sourire complice.

— Quels liens de parenté entre Bochau et ma belle-mère ? ajoutai-je. Pourquoi n'est-il pas reparti en 44 ?

Albert se resservit un café, tandis que Toine apporta trois verres et la bouteille de lambig. Je savais, pour avoir pratiqué les Bretons pendant presque vingt ans, que lorsqu'ils sortent la lambig, apéritif artisanal par excellence, surtout pour un étranger, c'est un honneur qu'il ne faut pas refuser. Ce qui me désespérait, n'aimant pas vraiment ce breuvage. Il faut dire pour comprendre, que chaque Breton est très fier de faire son apéritif, ce qui parfois donne des réussites tout à fait variables, et peu convaincantes, quant à une éventuelle importation hors les limites du département !

Albert versa du café dans ma tasse et Toine la lambig dans mon verre.

— En 1944, commença Albert, après le Débarquement en Normandie, les bonnes sœurs de Quimper ont eu peur. On leur a dit que certains FFI faisaient du nettoyage, parmi les gens qui avaient pu donner un coup de main aux Boches. C'est pas qu'elles avaient collaboré, les nonnes, mais elle avaient recueilli bon nombre d'enfants nés de mère française et de père allemand. Elles avaient peur pour les petits. Alors un jour, elles ont mis tous les enfants de Boches dans des charrettes et elles sont allées les distribuer dans les fermes alentour.

« Chez nous, elles nous ont déposé Bochau en août 1944, il avait tout juste un an. Elles nous ont laissé une valise et une grande enveloppe, qu'on devait pas ouvrir, sauf en cas de grande nécessité. Toine a rangé tout ça dans un coin et on s'est occupé du gosse. Ça faisait de la compagnie à notre fils. Et puis, quand la guerre a été vraiment finie, les bonnes sœurs ont refait le tour des fermes pour récupérer les mômes, sauf que chez nous, elles ont oublié Bochau ! On a attendu qu'elles viennent le rechercher, mais un jour on a appris que la communauté des Sœurs de Quimper avait été dissoute, et les sœurs envoyées à droite et à gauche dans d'autres couvents ! On est resté avec notre Bochau, surtout qu'il y avait presque quatre ans qu'il vivait avec nous. Alors not'e fils a dit qu'il fallait ouvrir l'enveloppe pour au moins savoir son vrai nom ! Parce que les bonnes sœurs, dans la panique, elles avaient oublié de nous le dire ! C'est pour ça qu'on l'a appelé Bochau !

— Mais à l'école, on ne vous a pas demandé son nom ?

— Bochau a jamais été à l'école ! Il devait rester le plus discret possible si on voulait pas que les FFI sachent qu'on abritait un enfant de Boche ! C'est ce que nous avaient dit les bonnes sœurs. Alors on n'a jamais envoyé Bochau à l'école. Il ne sait ni lire ni écrire.

— Vous n'avez pas essayé de lui apprendre vous-même ?

— Non, puisque les sœurs devaient le reprendre ! C'était à elles de faire ça ! Pas à nous ! C'est qu'on a pas eu vraiment de compensation à avoir ce gosse-là dans la ferme ! Enfin, tout le temps qu'il a été petit, parce qu'après, il nous a bien aidés, surtout quand notre fils est parti faire ses études à la capitale. C'est que le Bochau, il aime bien notre Jean-Pierre ! Quand il vient, il lui apporte des graines et même, des fois, il lui en envoie, qu'il achète dans des pays étrangers quand il voyage pour son travail. Il est directeur financier dans une entreprise d'agro-alimentaire.

J'étais admirative. Je ne pensais pas, en voyant Albert et Toine, que leur fils ait pu faire des études aussi poussées.

— Il vient souvent vous voir ? demandai-je, me doutant un peu de la réponse.

— Non ! Vous pensez bien, avec son métier qui lui prend beaucoup de temps, il ne peut pas ! Et puis, ajouta-t-il plus bas, presque honteux, il n'a pas envie de faire voir qu'il sort de bouseux comme nous.

D'emblée, mon admiration se transforma en dédain. J'imaginais ce Jean-Pierre, arrogant et méprisant vis-à-vis de ses parents. Certes, Albert et Toine n'étaient pas reluisants, mais ils avaient un charme, une chaleur toute particulière que j'appréciais.

J'avais peur que la conversation ne déviât sur Jean-Pierre, il fallait que je le fasse revenir à l'ouverture de l'enveloppe. Pendant que je cherchais comment remettre les confidences dans le chemin qui m'intéressait, Albert reprit son récit sans mon intervention.

— En tout cas, quand on a ouvert l'enveloppe, on a appris que Bochau s'appelait Michel et qu'il était le fils de Baptistine M. de Try Mourez. Elle avait accouché en août 43, chez les sœurs, et avait abandonné l'enfant aux bons soins de l'orphelinat. Elle était ensuite repartie chez elle, et n'avait plus jamais pris des nouvelles du gosse. Toine est de Try Mourez, et ses parents habitaient toujours là-bas après la guerre. Ils nous parlaient souvent de la putain de Try Mourez. Tout le monde dans le patelin appelait comme ça les filles qui avaient couché avec les Boches.

— Il y en a eu plusieurs à Try Mourez ?

— Non, qu'une seule ! C'est pour ça d'ailleurs qu'elle a pas été tondue, mais elle en a bavé ! Elle n'osait pas sortir de chez elle, c'était ses gosses qui faisaient les courses, et quand le dimanche, elle allait à la messe, personne ne voulait s'asseoir auprès d'elle. Et puis, quand son mari est rentré de captivité, il a passé cinq ans en Allemagne, les gens se sont calmés. C'est que c'était pas un tendre, son mari. Comme il était au courant de rien, il comprenait pas pourquoi elle ne voulait pas sortir. Un jour, qu'il était en train de boire le coup avec ses copains au café, y'en a un qui a lâché le truc ! C'est comme ça qu'il a appris qu'il avait été fait cocu par un Boche. Il est rentré chez lui et y t'a foutu une trempe à sa bonne femme ! Paraît que la pauvre elle a dû rester couchée trois jours tant il lui a tapé dessus.

— C'est à cette époque-là qu'il s'est mis à boire ?

— Oui, il avait déjà une bonne descente, le Léon ! Mais après c'que sa femme lui avait fait, il n'a plus jamais dessaoulé. Comme elle été obligée d'aller chercher son bonhomme dans le village, elle a commencé à dire qu'elle avait été violée par son Schleu. Mais les parents de Toine habitaient en face de chez elle, et pour quelqu'un qui s'est fait violer, ils ont vu bien souvent cet Allemand venir avec des fleurs ou des cadeaux pour les enfants ! On n'y a jamais cru, au viol. Par contre, le Léon, après lui avoir filé une trempe, il lui a fait une vie de misère. Il picolait tout le temps, et quand il était chez lui, c'était pour aller dans son atelier du matin au soir. Il paraît qu'il la touchait plus, ce qui fait que le jour où elle a été de nouveau enceinte, cinq ans après le retour de Léon, on a cru qu'elle avait remis le couvert avec quelqu'un d'autre. Mais Léon a certifié un soir qu'il était saoul qu'il avait voulu faire voir à sa femme ce que c'était de se faire violer ! Dans le village, elle n'était pas bien aimée, la Baptistine, mais tout de même, de là à se faire violer par son mari, y'en a plus d'un qui a trouvé que c'était dur !

— Elle était enceinte de Barnabé ?

— Oui. Votre mari ne vous en a jamais parlé, du Bochau ?

— Non ! Et vu l'admiration qu'il a pour sa mère, je ne pense pas qu'il soit au courant de l'histoire.

— Vous croyez ?

— J'en suis certaine.

Comme pour me laisser le temps de digérer ce que je venais d'apprendre, Albert resta un long moment sans rien dire. J'en profitai pour rassembler mes souvenirs. Non, j'étais sûre que Barnabé ignorait l'existence de Bochau. Pourtant, un soir où l'on s'était disputé à propos de nos parents respectifs, je lui avais dit qu'il fallait qu'il arrête de penser que son père avait été très malheureux en captivité. Mon beau-père avait été arrêté par les Allemands à Quimper, alors qu'il partait rejoindre son bataillon. De la guerre, il a vu la gare de Quimper et une gare quelque part en Allemagne, c'est tout ! Il n'a jamais combattu.

Ce soir-là, je me souviens que Barnabé reprochait à mon père de parler souvent du bombardement. D'après lui, papa n'avait pas eu à se plaindre de la guerre, il était libre de vivre comme il le voulait, et que sa ville ait été détruite lors des bombardements n'était pas si grave. Papa vivait à trente kilomètres environ des plages du Débarquement.

Sa ville a été rayée de la carte et détruite à quatre-vingt-quinze pour cent. Voir toute sa vie, tous ses souvenirs anéantis en quelques bombes est tout aussi traumatisant que cinq ans de captivité. Barnabé ne voulant pas en démordre, j'avais fini par lui dire que la plupart des prisonniers de guerre, placés dans des fermes, avaient bien profité des petites *Fräuleins* esseulées. Puisqu'il critiquait mon père, je pouvais bien émettre, moi aussi, des doutes quant à la chasteté de ses parents pendant la guerre. Après tout, il avait peut-être quantité de frères et sœurs en Allemagne, sa mère avait très bien pu coucher avec des Allemands, vu qu'elle était jolie femme et seule pendant cinq ans. La réaction de Barnabé avait été violente. Pour la première fois de notre vie commune, j'ai cru qu'il allait me battre. J'ignorais que j'avais mis le doigt sur un sujet sensible.

Barnabé était-il au courant ? Peut-être pas. Il savait sans doute quelque chose, mais certainement pas le fin mot de l'histoire. Sa mère lui avait-elle dit qu'elle avait été violée ? En tout cas, je comprenais maintenant pourquoi Barnabé avait été si couvé, si choyé par sa mère. Il avait été conçu dans des conditions difficiles, mais elles avaient été l'amorce d'un retour à la normal entre les deux époux. Mon beau-père avait un fils à élever et ma belle-mère avait un enfant qui allait l'aider à oublier l'autre. Barnabé a, de toute son enfance, été protégé par ses frères et sa mère. Son père était taciturne, mais n'eut jamais un mot plus haut que l'autre vis-à-vis de son fils. Barnabé n'a jamais eu de vraies frustrations, de celles qui font mûrir un enfant. Il avait ce qu'il voulait quand il le voulait. Pas comme un gosse de riche qui réclame une Ferrari, mais comme un enfant que l'on protège le plus possible pour que la vie ne soit pas trop dure. Ce qui fait qu'à dix-huit ans, il était alcoolique, à vingt ans, il s'était engagé dans l'armée, à vingt-deux ans, il s'était marié sur un coup de tête, abandonnant une carrière d'instructeur dans l'armée de l'air. À vingt-cinq ans, il montait sa première entreprise de transport, à trente ans, il coulait sa propre boîte pour en redémarrer une autre quelques années plus tard, qu'il laissa péricliter également. Il avait trente-cinq quand je l'ai rencontré. Il était couvert de dettes, en instance de divorce et buvait plus que de raison. Je me suis toujours demandé ce que j'avais été faire dans cette galère. L'amour rend aveugle, dit-on ! Chez moi, ce n'est pas un on-dit, c'est vérifiable !

Barnabé savait peut-être quelque chose, ou plutôt, avait peut-être ressenti un malaise familial dont il ignorait la cause. Il n'y a pas pire que les non-dits, les secrets de famille pour rendre mal à l'aise un enfant. J'imagine la chape de plomb qui a dû être dressée autour de ces années de guerre, pour éviter au petit Babé d'aller se prendre les pieds dans un tapis qui n'était pas le sien. Il m'a toujours dit qu'il avait été conçu dans l'amour et l'affection de ses parents. Un amour qui se révèle cinq ans après le retour de captivité, il en a fallu, du temps, pour que mes beaux-parents fêtent les retrouvailles !

Viol ou pas viol ? Le viol de ma belle-mère par un Allemand expliquerait pourquoi mon beau-père n'ait pas voulu quitter Try Mourez, pourquoi Baptistine aurait passé toute sa grossesse dans le village, pourquoi elle y serait restée vivre jusqu'à ce que son fils aîné devienne curé et lui demande de venir vivre avec lui. Cela expliquerait aussi pourquoi Léon aurait mis cinq ans à « honorer » son épouse. Le traumatisme subit aurait nécessité un ré-apprivoisement de la jeune femme.

Mais les cinq ans d'attente pouvait aussi vouloir dire qu'il n'y avait pas eu viol et que, de colère, Léon ne se soit pas intéressé à sa femme pendant un moment. Cela expliquerait aussi l'alcoolisme de mon beau-père et son regard brutal et presque méprisant que je lui ai toujours vu sur les photos de famille. Cela expliquerait également cette protection à la limite du ridicule pour Barnabé. Mais surtout, ça expliquerait ce sentiment que j'avais d'une famille remplie de non-dits, de secrets, de mystères.

J'ai souvent eu l'impression que l'on ne racontait pas les histoires à fond, il me semblait qu'il en manquait toujours un bout. Et surtout, à part le fait que l'on parle du père prisonnier pendant cinq ans, toute la vie du reste de la famille pendant la guerre était occultée. Je trouvais cela ridicule, étant habituée chez moi à ce que mes parents nous fassent partager leurs souvenirs… mais certes, ils n'avaient pas les mêmes souvenirs !

— Je le connais, moi, Barnabé, lança Toine, me sortant du même coup de mes pensées. Il est spécial, mais c'est pas un mauvais bougre. S'il avait connu l'existence du Bochau, je suis sûre qu'il serait venu jusqu'ici pour le voir. Il est jamais venu, ça veut bien dire qu'il connaît pas l'histoire.

— Je ne serais pas aussi simpliste, mais je ne serais pas loin de penser la même chose que vous, Toine. Mon ex-mari aime tout le monde, il ne critique jamais personne, alors peut-être avez-vous raison. S'il avait su quelque chose, je pense qu'il aurait un jour ou l'autre fait des recherches pour retrouver cet enfant. En tout cas, cela a bien dû bouleverser toute la vie de la famille. J'ai souvent entendu mon beau-frère dire qu'il avait eu la révélation de sa foi entre huit et neuf ans, ce qui correspond approximativement à 1943. Aurait-il embrassé la prêtrise pour expier les fautes de maman ? Pff ! Que de questions ! Et si ce soir, quand j'arrive à Try Mourez, ma belle-mère est décédée, je ne pourrais même pas en parler avec Barnabé, par décence. Je ne voudrais pas risquer de salir l'image de sa mère, ce sont des choses qui ne se font pas.

— Oui, ce sont des choses qui se font pas, reprit Albert. Quoiqu'il en soit, le Bochau, je ne sais pas ce qu'on va en faire quand on ne sera plus là !

— Il sera sans doute à l'âge de la retraite et pourra intégrer un hospice.

— Mais il a pas d'identité ! Il existe pour personne, nous l'avons jamais déclaré à la mairie.

— Le maire de votre village sait qu'il vit chez vous ?

— Oui, mais il ne s'est jamais posé de question ! Personne, ici, ne se pose de question, puisque personne ne le voit en dehors de chez nous.

— Et Bochau, que connaît-il de son histoire ? demandai-je.

— Je sais pas ! On en parle jamais.

Je ne pouvais pas reprocher à ces gens d'avoir laisser ce pauvre homme dans un dénuement total, aussi bien affectif que moral. Mais qu'il était dur, tout de même, d'imaginer la vie de Bochau. Sans instruction, n'ayant que des champs pour tout univers, ignorant ses origines, que pouvait être la vie intérieure de cet homme ? À presque cinquante et un ans, il n'avait jamais vu un billet de banque, ignorait complètement où l'on allait faire les courses, n'imaginait certainement pas qu'il puisse avoir une vie en dehors de sa ligne d'horizon. Il ne savait ni lire, ni écrire. Comment imaginer qu'il puisse vivre seul un jour ?

Je ne pouvais pas reprocher à ces gens d'avoir laissé Bochau dans l'ignorance et je comprenais leur inquiétude. Ils se sentaient intérieurement coupables de leur laxisme vis-à-vis des événements. Mais ma belle-mère ? Elle avait tout de même abandonné cet enfant ! Quels pouvaient être ses sentiments vis-à-vis de lui ? L'avait-elle oublié totalement ? Alors qu'elle était en train de rendre ses derniers soupirs, avait-elle un remords ?

J'en étais là de mes pensées quand Toine me proposa de dîner avec eux. Il était donc si tard ? Je refusai poliment et pris congé en promettant de revenir avec des graines pour Bochau.

Les trente kilomètres qui me séparaient de Barnabé et sa mère furent vite avalés tant j'étais prise par mes réflexions. Je venais d'apprendre l'inimaginable ! Moi, sortant d'une famille de Résistants, d'une famille de scouts à l'honneur inébranlable, d'une famille de sinistrés, d'une famille qui avait dû fuir l'avancée du front en juin 1944, d'une famille qui avait tout perdu à cause des Allemands, j'avais épousé (puis divorcé) le fils d'une collaboratrice allongée ! Heureusement que papa n'était plus là pour savoir cela. Il aimait bien Barnabé mais n'avait jamais supporté sa famille ! Papa, pour une fois, je ne regrette pas que tu sois parti si tôt. Quel affront pour toi que d'imaginer tes petits-enfants descendant d'une putain à soldat !

Décidément, je n'aimais vraiment pas cette famille.

Chapitre trois

J'arrivai à Try Mourez juste à temps pour voir la vieille femme s'en aller. Elle râlait, pleurait, délirait. C'était terrible à entendre. Barnabé me fit voir ses jambes, elles étaient noires. La gangrène. Elle pourrissait sur pied ! Je n'en avais aucune tristesse, aucune compassion. Je dus me faire une tête de circonstance pour éviter que la famille ne s'aperçoive de quelque chose.

Tu pourris, vieille femme ! Est-ce cela que l'on appelle le Jugement dernier ? Mourir en fonction de sa vie ? Tu as pourri la vie de ton fils allemand, la vie de ton mari et, par effet papillon, celle de ton dernier fils. C'est normal que tu pourrisses, maintenant. Pourquoi pleures-tu ? Sur qui ? Sur quoi ? Tes derniers instants te donnent-ils l'occasion de te remémorer ton amour de guerre ? Pleures-tu sur l'abandon de ton enfant ? Sur la perte de ton amant ? Ou sur la perte de la confiance de ton mari ? Belle garce qui a eu le culot de demander à son fils s'il était bigame, belle saleté que celle qui a eu l'air d'émettre des doutes sur mon intégrité lorsque je suis arrivée dans la famille ! Comment pourrais-je avoir un soupçon de tristesse alors que tout venait de m'exploser à la figure ? N'avais-je pas compris depuis longtemps l'ambiguïté de cette belle-mère qui ne m'appréciait pas beaucoup ? Avait-elle eu le sentiment dès le départ que je n'allais pas pouvoir comprendre et excuser son geste ? Le peu de communication entre papa et elle était-il dû à une méfiance vis-à-vis de gens qui avaient vécu la guerre proprement ?

Je ne t'appréciais pas, Baptistine ! Mais là, tu es descendue tellement bas dans mon estime que jamais tu ne t'en relèveras. Il n'y a pas de secret de famille chez moi, je raconterai à mes enfants et même peut-être qu'un jour je les emmènerai voir Bochau. Je leur apprendrai à ne pas t'aimer. Je leur dirai quelle mère tu as été. Je leur dirai… je leur dirai… je leur dirai !

Mon esprit était en ébullition, je n'avais plus assez de grossièreté en réserve pour baptiser ma belle-mère. J'étais dans une telle rage vis-à-vis d'elle que je ne me permettais même pas d'avoir le moindre doute sur son vécu. Elle avait couché avec un Allemand en pleine période d'occupation, je n'imaginais même plus qu'elle puisse avoir été violée.

Puis, je réalisais tout à coup qu'elle était à Try Mourez. À la maison de retraite de son village. Elle avait donc croisé, chaque matin, les gens qui avaient vécu la guerre avec elle, qui connaissaient son histoire. Elle avait côtoyé ceux-là même qui, durant une époque, l'avait traitée de putain à Boche ! Pourquoi être revenue à Try Mourez alors qu'elle avait fui son village presque aussitôt après la mort de son mari ? Qui avait décidé de la mettre ici ?

Barnabé était sorti quelques instants pour fumer une cigarette, je le rejoignis.

— Au fait, pourquoi est-elle venue à Try Mourez finir sa vie, ta mère ? demandai-je. Elle ne pouvait pas rester au presbytère avec ton frère ?

— Non, Lucien ne pouvait pas s'occuper de maman et de sa paroisse en même temps.

— Mais c'est elle qui a voulu revenir ici ?

— Non, je ne crois pas, mais elle n'a pas été contre, en tout cas, quand Lucien et Gaston lui ont proposé. Pourquoi ?

— Comme ça. Finalement, c'était bien pour elle, elle a pu retrouver ses anciens amis.

— Oui, bien qu'elle n'ait pas eu de relations avec le reste de la maison de retraite, paraît-il.

— Ah bon ? Pourquoi ?

— Je ne sais pas. Maman n'est pas d'un caractère difficile pourtant, mais les vieux, tu sais comment ils sont ! Parfois, ils sont comme les gosses, méchants entre eux. Je ne suis pas sûr qu'elle ait été heureuse, ici. En plus, ça fait si peu de temps qu'elle est installée, elle n'aura pas eu le temps de profiter de sa maison de retraite.

— Ne crois-tu pas qu'elle s'est laissée mourir à partir du moment où elle est revenue à Try Mourez ?

— Peut-être… Sans doute la tristesse de revenir sur les lieux de sa vie avec papa. Ils s'aimaient tant.

— Oui, peut-être…

Ah, Barnabé, si je pouvais te dire ce que je sais !

Gaston apparut à l'entrebâillement de la porte.

— Babé, appela-t-il, ne reste pas là. Maman est partie, nous allons la préparer. Tu reviendras plus tard. Aline, emmenez-le, pour qu'il puisse supporter le départ de sa maman.

— Vous savez, Gaston, je pense qu'à quarante-cinq ans, Barnabé est capable de supporter la mort de sa mère.

— Non ! Aline, maman est partie dans de telles souffrances qu'elle a le visage ravagé de douleur. Je ne veux pas qu'il la voie comme cela.

— Ah ? De douleur ? De chagrin ? De remords ?

Gaston me regarda, interloqué. Que savait-il, lui aussi ? Connaissait-il l'existence de Michel/Bochau ?

Tu es partie, vieille bique. Avec ton secret.

Chapitre quatre

Dix ans se sont passés depuis la mort de ma belle-mère. Quelques années plus tard, c'est Barnabé qui est parti la rejoindre, sans que je puisse lui poser des questions. Je ne sais toujours pas s'il connaissait l'existence de son demi-frère. Depuis, j'ai appris que Lucien et Gaston étaient au courant. Il parait même que Gaston a vainement fait des recherches.

Après la mort de Barnabé, j'ai coupé court à tous liens de famille avec les Marinier. Je n'ai donc jamais pu en parler avec eux. Je n'ai jamais fait de recherches sur le père de Michel. Je ne sais toujours pas les circonstances de la rencontre entre Baptistine et cet Allemand.

J'ai gardé des relations avec Albert et Toine, je suis retournée plusieurs fois les voir. J'ai apporté des graines de fleurs à Bochau. Mes enfants l'ont rencontré, et mon fils a entrepris de lui apprendre à lire, lors d'un séjour plus long à la ferme. Il devint insatiable et lisait tout ce qui lui tombait sous la main. Nous venions régulièrement, si bien que Toine nous octroya une chambre à demeure. Nous avons passé des vacances merveilleuses avec eux. Ils étaient reposants de gentillesse et de simplicité. Et finalement, malgré leur culpabilité vis-à-vis de Bochau, ils l'avaient bien préparé à une future solitude dans la ferme. Quand celle-ci arriva, c'est Bochau qui me téléphona.

J'avais fini par les convaincre d'installer le téléphone dans la maison principale et, quand Toine partit rejoindre son cher Albert quelques mois après lui, Bochau sut faire le numéro de « petite sœur », comme il m'appelait tendrement. Il ne savait pas comment joindre Jean-Pierre et me chargea de la démarche.

Déjà, rencontrer Toine et Albert avait été un hasard extraordinaire, mais le hasard me fit encore un clin d'œil car, lorsque je cherchai sur Internet comment joindre Jean-Pierre Dorlandeau, un article m'interpella. L'entreprise *Ourfield* allait s'implanter en périphérie de ma ville. L'équipe dirigeante était composée de personnes connues dans le monde agricole et le directeur financier s'appelait... Jean-Pierre Dorlandeau ! Il était dit qu'un jour ou l'autre, les Dorlandeau allaient croiser ma vie.

Prendre rendez-vous avec lui ne fut pas une sinécure. Mais ayant fait passer le message qu'il s'agissait de nouvelles très importantes concernant les parents de Monsieur le Directeur, on m'ouvrit enfin les portes de son bureau.

C'est ainsi que je me retrouvai assise devant Jean-Pierre Dorlandeau, dont je ne connaissais les traits que par photos interposées.

J'avais un *a priori*. Son indifférence vis-à-vis de ses parents m'avait choquée, et presque par vengeance, je lui appris la mort de sa mère sans ménagement. Grande fut ma surprise de voir cet homme, que j'imaginais digne et froid, s'effondrer en larmes devant moi. Puis, se reprenant, il me demanda comment je connaissais ses parents et je lui racontai notre rencontre, sans lui cacher ce qui me liait à Bochau. Il convint avec moi que le hasard avait bien fait les choses. Il s'enquit aussi de Bochau et eut l'air content d'apprendre qu'il savait désormais lire et écrire. Puis, sans rien lui demander, il m'expliqua qu'il n'était jamais revenu à la ferme après un conflit avec Albert à cause de Bochau.

Lui, aurait voulu mettre Bochau dans une institution, mais Albert s'y était fermement opposé.

Albert et Toine aimaient bien Bochau et, même s'ils ne l'avaient pas élevé comme leur fils, il avait sa place dans la famille, ni l'un ni l'autre n'imaginait la vie sans leur commis. Jean-Pierre n'y avait vu aucun attachement à l'homme, mais juste une façon comme une autre d'avoir de la main-d'œuvre à pas cher. Maintenant que ses parents n'étaient plus là, il allait pouvoir s'occuper de Bochau convenablement.

Lors de ce premier rendez-vous, je le laissais dire, je ne voulais pas me mêler des histoires de famille, même si celle-ci me regardaient un peu. Après l'enterrement de Toine, comme je l'avais espéré, son avis avait changé.

En effet, lors de la sépulture, Bochau se conduisit de façon tout à fait responsable. Il accueillit Jean-Pierre dans la ferme, où il avait préparé une chambre et un repas. Certes, il avait puisé dans les réserves de Toine, mais il avait su s'organiser. Puis il lui fit visiter sa petite maison. Il y avait fait des tas d'aménagements dont il était fier.

Le plus extraordinaire était une cheminée-four-casserole des plus remarquables. En effet, il avait installé une cheminée au milieu de la salle commune. Elle était carrée et, s'il l'avait laissée ainsi, on aurait pu admirer le feu de bois des quatre côtés. Mais Bochau avait également fabriqué devant un four en pierre, dont l'intérieur en dôme lui permettait de cuire ou réchauffer son repas, selon la force du feu de sa cheminée qu'il chargeait par l'arrière, les deux côtés étant fermés également. Sur le dessus du four, il avait fait comme un grand récipient, toujours en pierre, dans lequel il pouvait verser de l'eau et, sur un petit monticule au milieu, déposer un plat. Celui-ci cuisait au bain-marie. C'était tout à fait ingénieux et surtout remarquable de curiosité !

Jean-Pierre fut très étonné. Dans un coin de la pièce, il avait entouré l'évier d'origine, qui était aussi en pierre, de petites cases qu'il avait creusées à même le mur et recouvertes d'un crépi blanc. Cela lui faisait des rangements dans lesquels s'entassait tout un panel de bric et de broc qu'il avait glané ici et là. Il n'avait pour meubles dans sa pièce, qu'une table, deux bancs et une grande armoire. Tout le reste était soit en pierre, soit creusé à même le mur. Ne voyant pas de lit, Jean-Pierre lui demanda s'il dormait toujours dans la maison principale. Bochau fut très fier de lui ouvrir son armoire et de lui faire admirer son lit. L'armoire aussi était une fabrication à la Bochau. Elle était assez longue et profonde. Le lit prenait toute la place dans la longueur avec, au-dessus, des demi-étagères sur lesquelles il avait installé une lampe et quelques livres d'images.

Malgré son air rustre et son inculture, Bochau était un génie. Il passait son temps à fabriquer des tas d'ustensiles ou à inventer des meubles, des cheminées toutes aussi surprenantes que la sienne. Il nous fit voir des cahiers, des bloc-notes sur lesquels il avait passé ses soirées à dessiner, là une cheminée ronde, là un bahut-évier, ou encore un couvert de poche qui nous fit bien rire. C'était une sorte de croix en bois dont les quatre « manches » se terminaient par une fourchette, un couteau, une grande et une petite cuillère. Ses dessins étaient minutieux, pleins de détails et bien proportionnés.

En fait, je retrouvais chez lui la recherche de la perfection et de la fonctionnalité des choses que j'avais connue chez Barnabé. Il avait le goût des choses bien faites, de leur solidité, et surtout de leur utilité. Rien ne devait être inutile, tout devait avoir une finalité précise.

Barnabé était ainsi. J'ai chez moi quelques meubles fabriqués par mon ex-mari qui, j'en suis certaine, ne se détruiront pas par l'usure. Ils sont si solides que mes petits-enfants, voire même mes arrière-petits-enfants, pourront s'en servir.

Nous étions, Jean-Pierre et moi, encore en train d'admirer la cheminée, quand Bochau nous fit remarquer la signature. En effet, tous ses objets et meubles étaient signés de la même façon : un soleil portant un chapeau de paille.

— Pourquoi un soleil et un chapeau ? demanda Jean-Pierre.

— Ben ! Parce que quand il fait soleil, il fait beau et chaud ! répondit Bochau surpris de la question.

— Alors là, je suis vraiment très étonné, Bochau ! Jamais je n'aurais pu croire que…

Il arrêta sa phrase, ne sachant pas comment la finir.

Eh oui, Jean-Pierre, tu allais dire que l'imaginant idiot, bête et analphabète, tu n'aurais jamais pensé que Bochau puisse faire de telles choses.

C'est à cet instant que j'entendis Bochau, pour la première fois en dix ans, dire plus de trois phrases. En fait, il nous fit un véritable discours qui nous laissa tous les deux stupéfaits, tant par sa longueur que par ses tournures de phrases.

— Tu sais, Jean-Pierre, commença-t-il, je sais bien que pour tout le monde ici, je suis bête et inculte, je ne savais pas lire jusqu'à ce que le fils de « petite sœur » m'apprenne, mais ce n'est pas pour autant que je n'avais pas de cerveau. Si on ne sait pas lire et écrire, on peut penser. J'ai toujours dessiné. Alors ce que je ne pouvais mettre par écrit, je le dessinais. Albert et Toine ont toujours su que je pouvais faire les choses, du moment que je les avais peintes ou coloriées. Ils n'en ont jamais parlé à quiconque, mais ils étaient fiers de ce que je pouvais faire de mes mains.

« Il ne faut pas croire que les gens comme moi soient des idiots, ce n'est pas parce que l'on parle peu et surtout inutilement que l'on n'est pas intelligent. Je ne suis pas particulièrement intelligent, je n'ai pas ton instruction, mais je sais faire la part des choses. Ton savoir ne m'aurait été d'aucune utilité dans ma vie. J'ai donc utilisé mes capacités à d'autres choses qui pouvaient me rendre service. Et puis, je voulais te dire que je sais bien qui je suis. Je l'ai toujours su. J'ai souvent entendu tes parents en parler, mais surtout ce n'est pas parce que je ne savais pas lire que j'étais sourd. J'ai regardé la télévision. Je sais que je suis le fils d'un Boche. Au début, je ne savais pas ce qu'était un Boche, mais j'ai vu des films sur la guerre et j'ai compris. Après la mort d'Albert, Toine m'a donné l'enveloppe des Sœurs de Quimper et, comme je sais lire maintenant, j'ai pu y lire mon vrai prénom, mais c'est Bochau que j'aime le mieux, parce que celui-ci m'a été donné par des gens qui m'ont aimé. Pas par une mère qui m'a abandonné.

« Je ne sais pas pourquoi ma mère n'a pas voulu de moi. Peut-être que je lui rappelais des mauvais souvenirs, je préfère penser cela, ça serait trop triste de me dire qu'elle a aimé mon père mais qu'elle m'a abandonné à cause des convenances. Je préfère me dire que mon père a abusé d'elle et que je suis le résultat d'un instant d'horreur. C'est normal qu'elle m'ait abandonné. Tes parents, Jean-Pierre, m'ont donné suffisamment d'amour et d'affection pour que ma mère ne me manque pas. Je me fiche totalement de savoir qui elle était vraiment. Elle m'a fait, elle m'a peut-être aimé, mais c'est Toine et Albert mes parents.

« Bien sûr, maintenant qu'ils ne sont plus là, je vais avoir des difficultés pour continuer à vivre seul dans cette grande ferme, je ne sais pas trop comment on fait les courses, je n'ai jamais été dans un magasin et je crois bien que lors de l'enterrement d'Albert, et aujourd'hui celui de Toine, ce sont les deux seules fois de ma vie où j'ai été dans le bourg en pleine journée. Les autres fois, j'ai été me promener dans le village, mais c'était la nuit, pour que personne ne me voit. J'ai pu ainsi admirer les devantures des magasins, mais je n'y suis jamais entré. Alors, c'est vrai, je vais avoir du mal à me débrouiller seul pour les courses et le quotidien. Mais j'apprendrai.

« Tu t'es fâché avec Albert, parce que tu voulais me mettre dans une institution pour retardés. Qu'est-ce que j'aurais appris là-dedans ? On m'aurait, comme toi, mis une étiquette d'imbécile et je le serais devenu. Alors que là, j'ai vécu heureux. Bien sûr, pour tout le monde je suis un imbécile, parce que je leur ai toujours laissé penser que j'en étais un. Comme ça, non seulement ils ne se privent pas pour parler devant moi, persuadés que je ne comprends pas, mais en plus, on me laisse tranquille dans mon coin. J'ai pu ainsi faire ce que je voulais.

« Tu vois, Jean-Pierre, ne mets pas une pancarte sur le dos des gens avant de bien les connaître. Tu es venu ici avec dans la tête de liquider la ferme de tes parents, de m'envoyer dans un hospice et d'effacer totalement la vie d'Albert, Toine et la mienne. Si c'est ce que tu veux faire, je ne pourrai pas t'en empêcher, tu es le maître, ici. Moi je ne suis rien, je n'existe nulle part, sauf en 1943, après j'ai disparu. Mais ma cheminée, mes meubles, mes dessins existeront toujours, parce que tu verras, dans la grange, ils sont presque tous fabriqués, et ma signature, elle sera toujours là aussi. Je ne suis rien, mais je suis quelque chose quand même : un soleil avec un chapeau.

Après un si long monologue, Bochau prit quelques instants pour nous regarder tous les deux puis coiffa son chapeau et sortit dans son jardin s'occuper de ses fleurs.

Nous étions sonnés. C'était tellement vrai ce qu'il avait dit, c'était tellement plein de sagesse, tellement plein d'amour pour Albert et Toine. Comment avions-nous pu passer à côté de lui sans découvrir son esprit bouillonnant ?

Jean-Pierre prit la décision de le laisser à la ferme. Il embaucha une femme de journée qui venait faire la cuisine et le ménage. Il accepta que Bochau fasse des travaux dans la maison principale et y installe des gîtes ruraux. La ferme prit un coup de jeune et de fraîcheur. Les gîtes étaient tellement insolites, par leur mobilier fabriqué « maison », et si accueillants qu'ils ne désemplissaient pas. À presque soixante-cinq ans, Bochau nous annonça qu'il vivait en concubinage avec sa femme de ménage. Thérèse gérait les gîtes, Bochau les entretenait. À eux deux, ils faisaient « tourner la boutique », comme le disait en riant Jean-Pierre. Bochau était heureux.

Chapitre cinq

Voilà l'histoire de Bochau, de ce beau-frère qui m'est tombé du ciel. Cela fait plusieurs jours que je suis devant ma page blanche que je couvre de mots, pour vous faire partager l'histoire extraordinaire d'un petit garçon non désiré qui est devenu un homme malgré tout. Depuis, Jean-Pierre lui a obtenu un statut social, il a désormais une carte d'identité à son nom : Michel Dorlandeau-dit-Bochau. Les gens qui viennent aux gîtes l'appellent Monsieur Dorlandeau et il en est très fier.

De sa mère, nous n'en avons jamais reparlé. Pour lui, elle n'existe pas. Mais pour moi, elle reste ma belle-mère, la grand-mère de mes enfants. Après avoir été très vindicative, j'ai revu mon jugement.

Certes, je ne l'aimais pas beaucoup, mais la colère, à l'époque de ma rencontre avec Albert et Toine, m'avait fait dire bien des horreurs. Comment avais-je pu imaginer cette petite vieille sans remords ? Elle avait sans doute souffert de l'abandon de son fils. Surtout si celui-ci avait été le fruit d'un amour aussi passionnel que furtif. Elle avait dû laisser pour compte le seul souvenir d'un homme qu'elle avait aimé. Elle avait dû prendre sur elle pour refuser d'aimer un enfant qui avait été le point d'orgue d'un instant de bonheur dans des années troublées. Elle avait fait preuve d'un courage incommensurable pour ne jamais en parler, cela voulait-il dire qu'elle l'avait oublié ? Non, je ne crois pas. Bochau a dû toujours être là quelque part dans son cœur, si bien enfoui, si bien au chaud qu'elle a pu se taire toute sa vie.

Contrairement à Bochau, je ne peux pas imaginer que ma belle-mère ait été violée. Je trouve cela moche. Il est tellement plus agréable de penser qu'elle a aimé un homme qui l'a sortie quelques instants de son marasme de femme seule. Bien sûr, c'était pendant la guerre, mais si cela n'avait pas été pendant ces années troubles, personne ne se serait choqué de la sorte. Elle aurait eu un amant de passage pendant la longue absence de son époux, et alors ?

Elle n'aurait pas été la première à donner un coup de canif dans le contrat !

Tout le monde connaît le merveilleux film *Sur la route de Madison*, où les enfants découvrent à la mort de leur mère que celle-ci a aimé un homme de passage durant l'absence de son mari. Que cet amour a toujours été pour elle un moment de pur bonheur mais, par décence pour son couple, elle l'a enfoui dans le plus profond de son cœur. On regarde ce film avec la larme à l'œil et la compassion au bord des lèvres. Cela se passe en Amérique entre Américains.

C'est peut-être la même histoire pour Baptistine. Son péché, si péché existe, c'est d'avoir fait cela en France avec un Allemand en 1943. La morale et le qu'en-dira-t-on lui reproche la nationalité et l'année de ses amours interdits.

Finalement, Baptistine, je ne t'aime pas beaucoup, mais je n'avais pas le droit de te juger de la sorte. En tout cas pas aussi durement. Tu as fait tout ce qui était en ton pouvoir pour sauver ton couple, parce que celui que tu as aimé c'était ton mari, celui que tu as épousé à la petite église de Try Mourez dans les années 1910. C'était cet amour-là qu'il fallait préserver. L'autre, c'était une incartade, un moment de folie, un moment de repos. Tu as été jugée, salie, parce qu'il était Allemand. Parce qu'à l'époque c'était un amour interdit. Tu as expié ta faute toute ta vie. Tu as abandonné ton enfant, peut-être dans l'espoir qu'il soit plus heureux avec des parents adoptants plutôt que dans un petit village qui l'aurait traité de fils de

Boche. Tu as finalement fait preuve d'amour. En fait, je crois bien que j'admire ton geste. Quel courage il t'a fallu pour vivre seule avec ça toute ta vie !

J'ai appris depuis, qu'à chaque fois que Gaston ou Lucien t'en ont parlé, tu pleurais et la conversation s'arrêtait là. Ils ont interprété cela comme la preuve que tu avais été violée par cet Allemand, étant pour eux au-dessus de tout soupçon. Il leur était inconcevable d'imaginer leur mère aimante dans les bras d'un autre homme que leur père. Mais si nous avions pu être plus proches, Baptisine, peut-être à moi tu aurais pu en parler. Peut-être alors tu m'aurais dit que tu l'avais aimé.

Tu es partie, Baptistine, avec ton secret… avec ton amour.

Chapeau bas, Madame !

Remerciements

Un merci particulier à Soizic
sans qui Bochau n'aurait jamais été réédité
Merci à Agnès G.,
Jef, Léo, Mat et Raphaël.
Également à Alistair et Sosthène,
mes historiens infatigables et toujours présents.

Illustrations
Dessins : Créative common – images créées avec disco-diffusion v5.4
Photos : Agnès Leclerc